DISCOURS

PRONONCÉ

DANS LA CHAPELLE DU SÉMINAIRE SAINT-SULPICE

DEVANT

L'ASSEMBLÉE DU CLERGÉ DE PARIS

RÉUNI SOUS LA PRÉSIDENCE

DE SON ÉMINENCE LE CARDINAL MORLOT

ARCHEVÊQUE DE PARIS

Le 10 Juillet 1861

PARIS

ADRIEN LE CLERE ET Cie,

Imprimeurs de N. S. P. le Pape et de l'Archevéché de Pairs

RUE CASSETTE, 29, PRÈS SAINT-SULPICE.

—

1861

DISCOURS

PRONONCÉ

DANS LA CHAPELLE DU SÉMINAIRE SAINT-SULPICE

DEVANT

L'ASSEMBLÉE DU CLERGÉ DE PARIS

Le 10 Juillet 1861

~~~~~~

Amplius lava me.
(Ps. 50.)

ÉMINENCE, MESSIEURS,

De quelque côté qu'on envisage le sa-cerdoce dont nous sommes revêtus, qu'on l'examine dans son principe ou dans sa fin, on trouve que son essence et sa vie, c'est la sainteté.

Qu'est-il en effet dans son principe? pas

autre chose que la transmission et la continuation du sacerdoce unique de Jésus-Christ : *Sicut misit me Pater, et ego mitto vos*. Or, de quel signe Dieu marqua-t-il son Fils, quand il le promit à la terre en qualité de Pontife éternel ? Il le couronna d'un diadème, composé de toutes les splendeurs des saints : *Tu es Sacerdos in æternum, in splendoribus sanctorum genui te*. Et quand sont arrivés les temps marqués pour que ce Fils vienne prendre possession de son sacerdoce, l'Ange en l'annonçant à Marie ne lui découvre pas d'autre secret que celui de sa sainteté : *Quod nascetur ex te, sanctum*.

Si de son principe, tournant les yeux vers l'avenir, nous nous demandons : Quelle est la fin du sacerdoce ? l'Apôtre des nations nous répondra : *Ad consummationem sanctorum*. Or, quelle sera la force du prêtre pour atteindre cette fin ? la sainteté.

Sans la sainteté, Dieu maudit ses bénédictions, *maledicam benedictionibus vestris;* Dieu rejette ses sacrifices ; et tandis que les offrandes d'Abel montent jusqu'au ciel comme un parfum d'agréable odeur, les sacrifices de Caïn sont repoussés. La sainteté fait aussi sa principale force auprès des hommes. Je suis loin de méconnaître tout ce que les efforts du zèle, les lumières de la science, l'éloquence de la parole peuvent offrir de secours pour la sanctification des âmes; mais je sais aussi que jamais un ministre de Dieu n'a sur les consciences un empire plus efficace que quand on s'accorde à dire de lui : C'est un saint prêtre.

Aussi, tous ceux de nos vénérés confrères qui ont été jusqu'ici chargés de porter la parole dans nos assemblées, sont-ils venus vous soumettre, avec tous les genres d'autorités que je n'ai pas, quelques-uns des moyens que leur expérience estimait les plus propres à nous introduire dans cet esprit. Permettez-moi de vous en offrir un autre, que votre conscience saura féconder dans l'application, et pour lequel votre indulgence voudra bien suppléer à tout ce qui me manque, dans l'exposition que je vais essayer d'en faire.

J'ai l'intention de vous entretenir de la confession du prêtre comme d'un des principaux moyens d'acquérir, de conserver et d'accroître la sainteté.

1° En abordant ce sujet, je me sens arrêté en quelque sorte sur le seuil de la question par une parole qui, mépris ou hommage, selon l'intention qui la dicte, peut nous apporter au front ou un stigmate de honte ou une couronne de gloire ; cette parole, c'est celle-ci : les prêtres ne se confessent pas.

Pour les uns, c'est une attaque à notre

foi, c'est une accusation contre la sincérité de notre vie. Ils supposent que le prêtre n'a que le langage auquel l'astreint son caractère, et que les apparences d'une position qui n'est pour lui qu'un rôle à remplir.

Assurément, je ne dirai pas toute base, mais même toute ombre de prétexte a toujours fait défaut à une semblable imputation. Aussi, je n'ai pas à subir ici l'amère nécessité d'avoir à combattre cet ineffable désordre.

D'ailleurs, quelle parole d'homme ne serait impuissante à tenter pareille œuvre? et ce ne serait certainement pas la voix d'un infime du sanctuaire qui pourrait se flatter de l'espoir de réussir.

Une âme sacerdotale, descendue à ce prodige de malice, ne relève plus que de Celui qui fait les miracles. Oui, le Dieu qui sonde les abîmes, *intueris abyssos*; le Dieu qui des pierres mêmes peut susciter des enfants à Abraham, lui seul a le bras assez puissant pour pénétrer à de telles profondeurs, et rappeler aux régions de la vie l'âme qu'un tel sommeil de mort en a rejetée si loin.

Il y aurait donc tout à la fois inconvenance et inutilité à insister plus longtemps sur cette parole ainsi interprétée.

Mais, pour les autres, elle prend un tout autre caractère, parce qu'elle procède d'une disposition bien différente. Ce qui l'inspire, ce n'est pas le mépris, c'est le respect : elle sort, non d'un sentiment de dédain que nous ne méritons pas, mais d'un sentiment d'estime que nous serions heureux de pouvoir toujours mériter. Pour eux, les prêtres ne se confessent pas, non pas parce qu'ils refusent de recourir au sacrement, mais parce qu'ils n'ont pas besoin d'y recourir ; les prêtres ne se confessent pas, parce qu'ils ne peuvent pas ne pas être des saints.

Ils ne pensent pas que celui qui doit dès l'aurore se prosterner devant Dieu pour célébrer ses louanges avec le prophète et méditer dans ses commandements ; que celui dont, chaque matin au pied de l'autel, l'âme triste, mais confiante, ose faire un appel à la justice de Dieu, pour attester l'innocence qui la sépare des impies ; que celui qui chaque jour se nourrit du pain des anges et devient le tabernacle vivant du Saint des Saints ; que celui qui plusieurs fois par jour peut être appelé à prendre place au tribunal de Dieu pour donner l'innocence, ou au chevet des agonisants pour donner l'immortalité, ah ! ils ne pensent pas que celui-là puisse livrer au père du mensonge une âme vivifiée par le Dieu de vérité, détourner vers la vanité ou le crime des yeux qui voient Dieu de si près, et briser pour eux-mêmes les clefs de ce royaume céleste qu'ils ont mission d'ouvrir aux rachetés d'Israël.

Sainte croyance! qui devrait réagir puissamment sur nos âmes, et nous servir de stimulant pour nous tenir toujours à la hauteur où la foi des fidèles aime à nous voir, et se plaît à nous vénérer.

Mais, hélas! si la sublimité de notre caractère sacerdotal nous élève au-dessus des cieux, *excelsior cœlis factus*, l'infirmité de notre nature nous abaisse souvent bien près des boues de la terre. L'onction qui a consacré nos mains n'a pas transformé nos cœurs. Jésus-Christ en nous imposant un fardeau redoutable aux anges mêmes, nous laisse à porter en même temps le fardeau de l'humanité, *omnis Pontifex circumdatur infirmitate*; et avoir à gémir chaque jour sur ses faiblesses chaque jour renaissantes, c'est la grande misère de tout ce qui n'est pas Dieu.

Pourrions-nous reculer devant cet aveu, quand le grand Apôtre n'a pas hésité à le faire pour lui-même, presqu'au pied du Calvaire? Élevé au faîte de l'Apostolat, comblé de tous les dons surnaturels et divins, ravi au troisième ciel, il ne craignait pas d'avouer les soufflets d'ignominie dont l'ange de Satan le faisait rougir; il ne craignait pas de montrer en lui à l'Église d'Éphèse le pécheur traînant dans un corps révolté une vertu chancelante, et réduit à trembler pour son propre salut après avoir épuisé ses jours à enfanter les autres à Jésus-Christ : *Ne forte cum aliis prædicaverim, ipse reprobus efficiar.*

Si telle était la condition de Paul, quelle ne doit pas être la nôtre, à nous, infimes successeurs de ces héros apostoliques; à nous qui, héritiers de toutes leurs misères, avons à peine hérité de l'ombre de leurs vertus.

Pour nous donc, comme pour le reste des fidèles, le tribunal de la pénitence devient un asile nécessaire, un indispensable refuge.

2° Mais, dans quelles dispositions devons-nous y recourir?

Il ne s'agit pas ici, vous m'avez prévenu, mes vénérés Confrères, de ces dispositions vitales de douleur et d'intégrité dont l'absence dépouille le Sacrement de sa vertu salutaire, pour ne plus lui laisser qu'une puissance de mort. Les rappeler seulement ici serait un outrage à votre conscience, et ma vénération pour vous est trop sincère pour m'avoir laissé même le mérite d'en repousser la pensée. Mais à côté de ces altérations capitales, les maîtres de la vie spirituelle signalent certaines illusions contre lesquelles on ne se tient pas assez en garde et qui, parce qu'elles ne se présentent pas avec les mêmes caractères de répulsion, peuvent plus facilement surprendre et plus facilement aussi entraîner dans de fatales conséquences.

Le premier défaut qu'ils indiquent consisterait à se confesser sans avoir de confesseur, c'est-à-dire de confesseur habituel, sous prétexte que, directeur soi-même, on peut bien se suffire pour sa propre conduite.

Ce défaut est moins rare qu'il ne se pourrait croire, parce qu'il n'est pas dû à une erreur particulière et superficielle : il tient à une cause plus générale et plus profonde; il procède de cette grande révolte par laquelle l'homme, dès le commencement, brisant les conditions de sa nature, tenta de s'égaler à Dieu.

Depuis lors, toute créature humaine est rebelle à la sujétion et impatiente de tout joug ; soit enivrement de son propre esprit qui lui persuade qu'il peut se suffire en tout et toujours, soit enivrement d'indépendance qui lui fait voir, dans tout acte de soumission, un acte de faiblesse, l'homme a de la répugnance à se laisser conduire et s'obstine à rester le maître unique de ses voies.

Or, agir ainsi, c'est, quoi qu'on prétende, renoncer à son avancement et s'exposer à sa perte : car c'est méconnaître et la nécessité des sages conseils et le secret des grandes grâces.

Si le médecin le plus habile, malgré les symptômes qui frappent ses regards, ne peut, sur une seule et passagère visite, asseoir un jugement définitif et une médication certaine ; comment, sans autre guide qu'une simple et nécessairement restreinte déclaration, le médecin des âmes pourrait-il distinguer entre lèpre et lèpre, entre plaie et plaie? comment pourrait-il discerner s'il y a faiblesse accidentelle ou fréquence journalière, relâchement ou amélioration? et, supposé qu'il s'en croie le droit ou l'obligation, quelle autre parole pourra-t-il faire entendre qu'une parole vague, indéterminée, sans rien de radicalement sérieux sur un passé qu'il ne connaît pas et sur un avenir qu'il ne devra pas connaître? Il se contentera donc le plus souvent de lever sur nos têtes une main tremblante, pour laisser tomber sur nous je ne sais quelle grâce, et nous renverra avec nos ténèbres, nos faiblesses et nos dangers, sans autres lumières et sans autres forces que les nôtres pour nous défendre contre tant d'ennemis.

Or, Dieu ne veut pas que l'homme s'engage seul dans ces luttes. Il nous prévient par l'Esprit Saint que, si nous croyons être assez éclairés et assez forts pour nous con-

2

duire et nous défendre par nous-mêmes, nous périrons victimes de notre présomption : *Ne dicas, sufficiens sum mihi.* Pour échapper aux dangers de l'Égypte, il faudra toujours, comme Israël, se placer sous la conduite de quelque Moïse; et, pour connaître les desseins et les voies de Dieu, il faudra toujours, comme Saul, recourir aux lumières de quelque nouvel Ananie.

Concluons, avec le pieux auteur de l'*Imitation*, que nul n'étant assez sage pour tout savoir, *quis est ita sapiens, qui omnia plane scire potest*, c'est un très-grand avantage, *valde magnum est*, de ne pas s'en tenir à soi-même et de s'attacher à un guide, *non esse sui juris et stare in obedientia.*

3° Mais ce guide, quel doit-il être? La réponse à cette question, selon la pensée d'un pieux auteur, est une de celles auxquelles on peut appliquer ces paroles de l'Écriture : Dieu m'est témoin que je mets sous vos yeux ou la vie ou la mort.

Souvent, dans le cours de votre carrière sacerdotale, consultés vous-mêmes sur un choix de cette nature, vous avez saisi avec empressement l'occasion d'insister sur son importance. Et, dans cette insistance, vous n'avez été que les échos fidèles de tous les guides des âmes.

Qui de nous ne sait le conseil du Père Avila? Choisissez entre mille. Qui ne sait que saint François de Sales, ajoutant à cette recommandation, répétait souvent : Choisissez entre dix mille. Qui ne sait enfin que Bossuet, venant après eux et corrigeant encore cette pensée, ne craignait pas de dire : Entre dix mille, ce n'est pas assez, choisissez entre tous.

L'importance capitale de ce sujet a sollicité le zèle de presque tous les maîtres dans la science des saints.

Les uns, le considérant dans celui qui avait son choix à faire, lui adressent cette question : A quel esprit obéissez-vous et quelle est la raison de votre préférence? est-ce l'amour de votre perfection ou la crainte d'être gêné dans votre vie?

D'autres, fixant leur attention sur les défauts du guide lui-même, parlent de ces *esprits relâchés*, qui élargissent sans cesse la voie et qui, ne voyant de mal nulle part, étouffent dans son germe toute idée d'a-vancement; de ces *esprits étroits*, qui la resserrent outre mesure et qui, voyant du mal partout, refoulent au fond de l'âme tout courage de mieux faire; de ces *esprits aveugles*, qui attendent la décision au lieu de la donner; de ces *esprits faibles*, qui sont menés au lieu de con-duire; de ces *esprits d'une cruelle com-plaisance*, qui ont une justification pour tous les penchants, une excuse pour toutes

les faiblesses, et je dirais presque un nar-
cotique pour tous les remords, puis em-
pruntant le langage de saint Paul, ils
s'écrient : Fuyez-les! *Et hos devita.*

D'autres enfin s'élèvent dans une région
plus pure, et, moins touchés des défauts
à éviter que des vertus à choisir, ils entrent
avec amour dans l'énumération des qua-
lités qui doivent déterminer notre préférence. J'aurais peine à les suivre avec
vous dans tous les détails où les entraîne
leur inquiète et vive sollicitude, et je le
regretterais, si je n'avais trouvé dans
Fénelon un conseil qui me semble, tout à la
fois, le plus court et le plus complet résumé
de tout ce qui s'est dit de plus salutaire
sur ce chapitre. Ah! quand dans une âme
pure, à l'élévation du génie vient se joindre
toute la splendeur des lumières de la foi,
il se fait dans cette âme une clarté si
merveilleuse que, voyant tout sans effort,

elle peut tout dire avec simplicité ; Fénelon donc disait : Choisissez pour confesseur celui que vous redouterez un peu de choisir aux jours de votre vie, mais que vous aimerez beaucoup avoir choisi à l'heure de votre mort.

Développer ce conseil serait l'affaiblir, et les commentaires auxquels je pourrais me livrer n'égaleraient pas les conséquences salutaires que ne manqueront pas d'en déduire vos consciences, auxquelles je l'abandonne.

4° Enfin, la plénitude de la santé parfaite n'est pas un fruit de ce bas monde, et tant que nous y traînerons nos jours, notre âme sera toujours languissante ou malade par quelque endroit : *Omne caput languidum, omne cor mœrens.* Comme un homme sans cesse menacé dans son existence, nous avons à mettre notre espoir de vie sous la protection d'un régime qui déterminera les nécessités du remède. De là cette question : En quel temps doit-on se confesser?

Il est évident que si le choix du confesseur a été fait dans les conditions qui viennent d'être exposées, cette question peut être considérée comme inutile. Un bon confesseur, un confesseur qui sent sa responsabilité, pourrait-il laisser en dehors de ses préoccupations une règle si importante? La charité qui l'anime ne manquera pas de lui faire prescrire le temps et les circonstances selon la possibilité et, surtout, selon la mesure des besoins de celui qui lui a confié son âme.

Mais en dehors de ces règles particulières qui ne sauraient être les mêmes pour tous, ne peut-on se demander dans quelles limites doit se renfermer la distance de nos confessions, et quel est à cet égard l'esprit de l'Église?

Cet esprit me paraît ressortir avec évidence des paroles d'une bulle de Benoît XIV, dont je vous demande la permission de vous citer le texte : *Sacerdotes ad pœnitentiæ sacramentum frequenter accedant : ut, cum divinum mysterium peracturi sunt, nulli coram Deo crimini sint obnoxii ; sed cor habeant omni pravitate vacuum, et quoad fieri potest, mundum et purum.*

Frequenter accedant : Voilà l'esprit de l'Église. Mais que faut-il entendre par ces paroles et quel sens doit-on leur donner ?

Nous en avons une magnifique traduction dans les exemples de saint Charles Borromée, de saint Vincent de Paul et de tant d'autres modèles de la vie sacerdotale, qui, pénétrés de respect pour la sainteté des mystères qui allaient s'accomplir en eux et par eux, ne pouvaient se déterminer à monter à l'autel, avant de s'être

purifiés par le sacrement de pénitence.
Cette interprétation toutefois devrait-elle
être proposée comme une règle générale
et absolue? Les maîtres les plus avoués de
la vie spirituelle ne l'ont pas pensé, et,
tout en payant un légitime tribut d'admi-
ration à une conduite si resplendissante
de foi et de charité, ils n'ont pas été jusqu'à
l'élever à la hauteur d'une obligation :
la plupart, en s'expliquant sur ce sujet,
parlent, comme devant être sérieusement
recommandée, de la confession de chaque
semaine. Vous serez heureux de rencontrer
à la tête de ceux qui environnent cette
recommandation de tous les motifs ca-
pables de la faire adopter, un des maîtres
les plus pieux de nos respectables maîtres,
M. Tronson, ce membre vénéré d'une
compagnie qui porte au front le signe de
vie, la fidélité à l'esprit de son institution;
compagnie qu'on ne louera jamais assez,

pour avoir su conserver dans le sanctuaire, à travers des jours d'alarmantes transformations, la sainte intégrité de l'esprit sacerdotal, et placer avant tout, dans ses traditions comme dans son amour, la science suréminente de la direction des âmes et de Jésus-Christ crucifié.

Si, cependant, pour des raisons que je ne discuterais pas, parce qu'elles peuvent avoir leur côté légitime, on était amené à regarder encore comme trop restreint cet espace de huit jours, ne serait-il pas possible de l'étendre, sans s'exposer au remords de donner dans le relâchement, et de s'éloigner de l'esprit de l'Église?

Une réponse, émanée de Rome, de cette Église dont la puissance se fortifie de toutes ses faiblesses, *cum infirmor tunc potens sum*, parce qu'alors nulle âme de foi ne sait plus lui mesurer ni son amour ni son dévouement, une réponse, émanée de Rome me paraît fournir les éléments d'une solution qui échapperait à ce danger.

Pour gagner les Indulgences auxquelles est attachée, comme condition indispensable, la réception des sacrements de Pénitence et d'Eucharistie, il a été décidé qu'il suffirait désormais de vivre dans l'habitude de se confesser tous les quinze jours. Cet espace de quinze jours me paraîtrait donc comme la dernière limite qui devrait séparer nos confessions, limite au delà de laquelle ne se rencontrerait plus qu'une coupable indifférence. Car, s'il est vrai que les fautes des Ecclésiastiques empruntent à leurs obligations plus étroites, à leurs lumières plus étendues et à leurs grâces plus abondantes, un caractère de gravité qui appelle un châtiment plus redoutable, ne serait-ce pas, suivant la profonde expression de l'Apôtre, se montrer en quelque sorte adultère de charité envers son âme, *charitatem adulterantes*, que de dédaigner ces dettes dont le payement nous sera réclamé jusqu'à la dernière obole, et de repousser les secours que la charité de Dieu nous offre, pour nous protéger contre les rigueurs de sa justice? Oui, les Prêtres aussi, les Prêtres surtout, doivent sentir la nécessité des indulgences, et saisir avec un religieux empressement tous les moyens de s'en assurer les bienfaits. A ce point de vue, la confession de tous les quinze jours devient une sorte de nécessité que notre foi saura comprendre.

Dies mali sunt (Eph., c. 5) : Les jours sont mauvais, dit l'Apôtre, et jamais peut-être la vie que nous avons à vivre n'a plus justement mérité le nom de mer orageuse. Mais, ne craignons pas. Il nous a été donné de comprendre, à la vue du calme religieux qui règne dans ce diocèse, tout ce que peut, pour prévenir les orages, la sagesse d'un chef qui ne s'inspire que de l'esprit de Dieu.

Les jours sont mauvais : *Dies mali sunt;* mais ne craignons pas. Si la route à parcourir devait se hérisser d'écueils, le guide sagement choisi que le Sacrement nous donnera, saura nous les faire éviter ou franchir sans dommage.

Les jours sont mauvais : *Dies mali sunt;* mais ne craignons pas. Si le ciel devient plus sombre et la tempête plus menaçante, avec la grâce dont le Sacrement sagement fréquenté saura fortifier notre âme, grâce de Celui qui sait commander avec autorité aux vents et à la tempête, le péril n'ira pas pour nous jusqu'au naufrage, et le calme ne se fera pas toujours attendre.

C'est ainsi que, sous la double protection de la terre et du ciel, que nous devrons au Sacrement, nous parviendrons à opérer notre salut et le salut de ceux qui nous sont confiés : *Et te ipsum salvum faciès et eos qui te audiunt.*

Puisse la bénédiction de Monseigneur, que j'implore de nouveau, nous rendre à tous plus certaine et plus facile cette double victoire! Amen.

L'abbé H. DELAUNAY,
Curé de Clichy.

PARIS. — IMP. ADRIEN LE CLERE, RUE CASSETTE, 29.